죽고 싶은 밤이 있다

죽고 싶은 밤이 있다

발행일	2019년 7월 10일			
지은이	우정			
펴낸이	손형국			
펴낸곳	(주)북랩			
편집인	선일영		편집	오경진, 강대건, 최예은, 최승헌, 김경무
디자인	이현수, 김민하, 한수희, 김윤주, 허지혜		제작	박기성, 황동현, 구성우, 장홍석
마케팅	김회란, 박진관, 조하라, 장은별			
출판등록	2004. 12. 1(제2012-000051호)			
주소	서울시 금천구 가산디지털 1로 168, 우림라이온스밸리 B동 B113, 114호			
홈페이지	www.book.co.kr			
전화번호	(02)2026-5777		팩스	(02)2026-5747

ISBN   979-11-6299-772-7 03810 (종이책)   979-11-6299-773-4 05810 (전자책)

이 도서의 국립중앙도서관 출판예정도서목록(CIP)은 서지정보유통지원시스템 홈페이지(http://seoji.nl.go.kr)와
국가자료공동목록시스템(http://www.nl.go.kr/kolisnet)에서 이용하실 수 있습니다.
(CIP제어번호: CIP2019026071)

(주)북랩 성공출판의 파트너

북랩 홈페이지와 패밀리 사이트에서 다양한 출판 솔루션을 만나 보세요!

홈페이지 book.co.kr   •   **블로그** blog.naver.com/essaybook   •   **원고모집** book@book.co.kr

우정 에세이

죽고 싶은 밤이 있다

북랩 book Lab

차례

2017년 6월

2017. 6. 7.

늦은 시간과 함께 지하철을 타면 후회가 밀려온다. 나는 들려줄 청춘이 없었다. 1년을 꾸역꾸역 다녔음에도 또 같은 걸 반복하고 있었다. 내가 바뀌지 않는 한 달라지는 건 없다. 그럼 뭘까. 왜 바뀌지 않을까.

2017년 8월

2017. 8. 8.

안다. 나는 그렇게 애쓰지 않아도 된다. 애쓰지 않아
도, 나를 대체할 것은 무수히 많다. 더 뛰어나고 우수
한. 그러니까 나는 그렇게, 애쓰지 않아도, 된다.

2017. 8. 14.

답답하다. 나는 이 나라를 별로 좋아하지 않는다. 어쩌면 싫어한다. 나와 닮아 있어서 더 그런 걸지도 모른다. 하지만 분명한 건, 이 나라에 쭉 살면서 많이 힘들었다는 점이다.

2017년 9월

2017. 9. 23.

나는 나에게 가장 큰 악몽이었나보다. 미안하다.

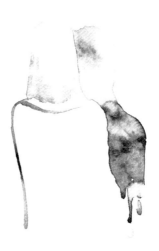

2017년 12월

2017. 12. 20.

학교 프로젝트 중에 개인적으로 만화를 그려서 책으로 내는 게 있었는데 드디어 끝냈다. 잘 될지 모르겠다.

올해 안에 죽고 싶다는 건 여전하다. 아주 빠르면 올해 말이나 내년 초에.

스위스 안락사 이천만 원.

변기를 뚫는데 뚫어뻥이라고 해야 하나. 막대기 부분이 돌아가면서 빠졌다. 그래서 "아." 하고. 나도 모르게. 미안하다. 너무 익숙하게 쓰던 너도 그렇게, 충분히 막대기가 빠질 수 있는 건데. 어느 순간 고장이 날 수도 있는 건데. 나는 당신들이 괜찮은 줄 알았다. 어떻게 괜찮을 수가 있을까. 다들 이해할 수 없는 상처와 엉망진창인 몸을 가지고, 꾸역꾸역 살아갈 텐데. 많은 사람이. 당신들은 괜찮지 않다. 이제 알았다. 그래서 미안하다.

2018년 2월

2018. 2. 5.

불안한 건 괜찮아졌다. 밤마다 그러는 건 심했다. 아무 알림도 없는 휴대폰을 보다가 뒤척이면 기분이 아주 이상했는데. 난 괜찮나? 나는 괜찮을까. 나는, 나는……. 나라서. 내가 나니까. 내가 나라서 잘 모르겠는 순간이 많다. 어렵다. 쩔쩔맨다. 힘들어한다. 어색하다. 싫다. 외롭다. 슬프다. 우울하다. 어떻게 해야 할지 모르겠다. 나는, 너를.

2018년 4월

2018. 4. 25.

오랜만이다. 글 쓸 기력도 없다. "세훈아, 나는 날로 몸이 꺼진다." 뮤지컬 '팬레터'의 대사처럼.

왜 이렇게 요구하는 것들이 많은지.

밥을 먹다가 울었다.

"당신들이 나쁘다."고 해도 결국은 자기합리화다. 자기 위안이고. 당신들은 나쁘지 않다. 안다. 미안하다. 내가 죽지 못한 이유는 미안해서다. 미안해서 어떻게 죽어.

학원에서 집으로 오는데 한 걸음 내딛는 게 너무 힘이 들었다. 그제야 당연했던 것들이 당연하지 않다는 걸 깨닫는다.

이예린의 '찰나'를 계속 들었다. 몽롱함과 소중함과 찰나와 이대로 사라질 것만 같은 기분.

가장 비참한 건, 신은 인간에게 삶에 대한 희망을 줬으면서 동시에 절망도 줬다는 사실이다.

괜찮다. 알고 보면 전부 이기적이지 않은 것들이다. 따뜻한 것투성이다. 그러니까 이제 그만하자.

오늘 잠에 들면, 내일 아침을 맞지 않았으면 좋겠다. "이만큼이나 살았네, 수고했다."라고 신이 삶을 그대로 거둬 가면 좋겠다.

나는 아무것도 되지 않을 거다. 여태껏 그래왔고, 지금도, 앞으로도.

그런데 생각해보니까 나는……. 왜 살고 싶었더라. 모르겠네.

하느님, 그래도 계속 살아야 한다면 제발 부탁이니까 금요일에는 간신히 살아서 병원 좀 가게 해주세요.

2018. 4. 28.

병원에 못 갔다. 내가 그렇게 간절하지 않았나 보다.

빈첸의 '탓'에서 나오는 가사.

　난 기대치를 두 배로 올려
　그래야 상실감이 거대해지니까
　그래야 사람이 더 초라해지니까
　그래야 내가 정말 간절해지니까

　아니 얼마나 더 간절해야 합니까

'바코드'에서 김하온이 부른 파트의 가사.

　삶이란 흐르는 오케스트라 우리는 마에스트로.

혼자 있을 때 "자살해야지."라고 습관적으로 말을 한 뒤에 놀라는 버릇이 생겼다. 요즘은 익숙해졌다. 놀라진 않지만, 대신 "자살…"까지 말 한 뒤에 더 이상 입을 열지 않는다. 그냥 삼킨다. 이게 무슨 의미가 있나 싶어서.

뮤지컬 '에드거 앨런 포'의 '꿈속의 꿈' 넘버를 계속 들었
다. 자기 전에 작게 중얼거렸다.

잡히지 않는 꿈속의 꿈일 뿐
파도 속에 흩어지는 한 줌의 모래 같은
헛된 삶에 무너지는 사람
사라진 꿈들 애원해도
그저 침묵뿐
오, 하나님
단 한 번만 내게 말을 해줘
이 모든 게 꿈이 아니라고 헛된

오, 하나님
단 한 번만 내게 말을 해줘
내 삶이 꿈이 아니라고
이젠
그 답을 찾지 마

2018. 4. 30.

모르겠다. 이젠 알 만큼 안다는 뜻이다. 알 만큼 아니까.

당신들이 힘들다는 걸 안다. 아는데, 이제는 상관없는 것들이다. 내가 어떻게 할 수 있는 능력이 있는 것도 아니니까.

이야기하고 싶지 않다. 말하고 싶지도 않고, 먹고 싶지도 않다. 공부하고 싶지 않고, 어딜 가고 싶지도 않다. 살아가고 싶지 않다.

오늘 밤에 죽는다면 좋겠다. 혹시 그게 안 된다면, 남양주라도 가자. 가서 병원이 열려 있다면 조용히 빈 의자 위에서 잠에 들자.

그 이후는 어떻게 되든 상관없다.

2018년 5월

2 0 1 8 . 5 . 3 .

적으려던 말들이 있었는데, 잊어버렸다.

이게 사는 게 맞나.

죽으면 안 되나. 이 지구에는 다들, 그냥 태어나서, 그
리고 그냥 사는 건가. 왜냐하면 다들 그렇게 하니까.

지겹다.

2018. 5. 4.

학원에서 들은 말.
"제 미래가 깜깜해서요."

'캡틴 아메리카: 윈터 솔져'를 봤다. 샘이 묻는다.

　"뭘 하면 행복해?"

스티브가 대답한다.

　"모르겠어."

무언가를 버티고 있다. 뭔지는 잘 모르겠다. 내일까지
만 버티면, 할 일은 일단 다 한 셈이다. 나갈 일도 없다.
괜히 민폐 끼칠 일도 없다. 이대로 사라지면 딱 좋겠다.

2018. 5. 6.

이상하다. 이가 상하면 치과를 가야 되는데. 실없는 농담이 생각나서 웃음이 나왔다.

초등학교 때 캠핑을 했던 밤이 생각났다. 그리고 5학년 때였나. 선생님이 태풍 휴교에 관한 이야기를 하고, 나는 과학 교과서를 책상 서랍에 얼른 집어넣고, 옆에서 짝꿍이 "선생님, 정이가…." 하면서 농담을 하고. 그리고 웃었던 게 생각났다.

이 밤과 함께 사라질 수 없나.

2018. 5. 7.

뭐지? 뭘 해야 하지? 어떻게 살아야 하지? 당장이라도
옷을 입고 나가서 무작정 아무 버스를 타고 어디론가
가야 할 것만 같은 이 기분은 뭐지?

2018. 5. 9.

학원에 늦었다. 작년에 학교에서 내내 지각을 한 것과
중학교에서 조금씩 지각하기 시작한 게 생각이 났다.
중학교 때 다닌 학원들에서도. 지겨운 웃음이 나왔다.

기억나지 않는 것들이 많다.

내일 또 살겠지. 내일도 살고. 또 내일도. 그 다음 내
일도.

학원에서 그림을 그리던 중에 들렸던 밖의 소리. 차 소
리, 사람들 소리, 바람 소리. 평화로웠다. 70억 명이 넘
는 사람들이 지구에 있다는 사실을 떠올리면 어딘가
안심이 된다. 편해진다.

성장. 참 어려운 단어다.

학교를 다니지 않는 이유를 사람들이 물어봤던가? 그
랬던 것 같다. "미안해."라고 했다. 학교에서 누군가가.
미안해서라고 하겠다. 미안해서 그만뒀다고. 왜냐하면

정작 미안해야 할 건 나니까.

성실함의 부재. 어디로 갔을까. 언제부터.

존재 자체의 죄책감은 내가 말을 하지 않게 만든다.

5월이다. 5월. 12월의 나를 마주할 자신이 없다.

가슴 부근이 이상하다. 찌르는 것 같다. 저릿하다. 아니
다, 심장이다. 아픈 건가. 뭐가? 무의식적으로 모든 것
을 신경 쓰지 않으려고 노력하며 하루를 보내고, 간신
히 집에 들어와 별 의미도 없는 유튜브의 웃긴 영상을
뒤적거리다가 문득 눈물이 떨어질 때.

2018. 5. 10.

물감통을 씻으면서 생각했다.
아, 그만해야 되는데. 뭘? 사는 거.

아무것도 필요 없다. 바라는 것도 없다. 연민도, 동정
도, 슬픔도, 공감도, 위로도, 기쁨도, 웃음도, 짜증도,
화도, 그 무엇도. 상관없다.

미치겠다. 미치지 않고서야 이게 뭔가. 우울증 환자는
나뿐만이 아니고, 지구에는 정말 많은 사람들이 살고
있는데. 내가 불쌍하다. 운 안 좋게 태어나서 살아야
되는구나. 인간의 기원, 생물의 기원, 이런 것들을 생각
하다가 결국 아무짝에도 쓸모없다는 걸 깨닫는다.

답이 없는 불안감. 빌어먹을 불안감. 거지 같은 불안감.
왜 살아야 하지? 언제까지 살아야 하지? 꼭 살아야 하
나? 죽어야 하나? 숨을 쉬어야 하나? 안 쉬어야 하나?
어떻게 해야 하나.

대체 얼마나 더.

2018. 5. 11.

팝송이 좋다. 노트북이 방에 생겨서 계속 듣고 있다.

다들 그렇게 살죠. 그렇죠. 그런 거죠.

딱 죽기 좋은 새벽이라는 생각이 들 때.

어떻게 또 일주일을 버텼다. 그래도 수고했다.

2018. 5. 12.

결국 다 내 문제다. 맞다. 항상 내가 문제였다. 알고 있었다.

무슨 말을 더 할까. 무슨 표정을 더 짓고, 무슨 삶을 더 살까.

앞으로 몇십 년이나 더 있을, 무수히 많은 새벽 중 하나.

이제 그만하고 싶다. 정말로. 언제부터였는지 모르겠지만 늘 바라던 거였다. 정말 많이 그만두고 싶다고 생각했다. 이제는 정말 그만둘 때가 됐다.

다 필요 없다. 상관없다. 혼자 있고 싶다. 미안해 죽겠는 이유는 둘째 치더라도, 다 갔으면 좋겠다. 날 좀 내버려 둬.

2018. 5. 13.

내가 왜 이걸 쓰기 시작했더라.

아프다. 목감기인 것 같다. 몸도 으슬으슬한 것 같기도 하고. 약 먹었으니까 낫겠지, 뭐.

나는 가끔 당신들을 잃을까 불안하다. 왜 그런지는 모르겠다.

영국남자 수능 편에서 나온 말.

　"괜찮을 거예요. 다 괜찮을 거예요. 삶은 계속돼요. (You're gonna be okay. It's gonna be alright. Life goes on.)"

누군가를 잃은 적도, 사랑한 적도, 나라가 없었던 적도, 사고가 났던 적도, 따돌림을 당한 적도, 큰일을 겪었던 적도, 그 어떤 적도 없는데. 왜 이렇게 슬플까. 우울할까. 쓸쓸할까. 어딘가 먹먹할까.

'외국에서 태어났으면 좋았을 텐데.'라는 생각을 했다.

그러다가 그건 아니라는 대답이 나왔다. 이 나라에서 태어나서 행복한 사람들도 있을 거고, 다른 나라에서 태어나서 행복하지 않은 사람들도 있을 테지. 어느 쪽이든, 어디서 태어나든 내 삶에 달려있다는 거였다. 그래, 결국은 내가 행복하지 않은 게 문제구나.

언제까지 살까. 예전에는 당장이라도 죽을까 봐 두려웠는데, 요즘은 언제까지 살고 있을까 싶어서 불안해진다. 불안하다. 밤에 잠들지 못하고 괜히 창문을 열어서 몇 분이고 있는 이유다. 책을 못 읽겠는 이유다. 그림을 그리지 못하는 이유다. 영상을 몇 분 틀고 금방 끄는 이유다. 말이 잘 안 나오는 이유다. 아무것도 하고 싶지 않은 이유다. 살고 싶지 않은 이유다.

삶을 계속하기 어려울 때. 우주에서 한 점일 뿐인 존재로 지구에서 모두가 살아간다는 걸 느낄 때.

그럼 그렇게 외롭지 않구나. 어쩌면 괜찮을지도 모른다. 괜찮다고.

2018. 5. 14.

괜찮나요? 정말 괜찮은 건가? 삶은 계속되나요? 그래
요?

다들 죽는 걸 알면서도 산다는 걸 깨달을 때. 다들 태
어날 줄 모르면서도 태어난다는 걸 알 때.

자신이 없다. 내가 행복해졌으면 좋겠다.

산 같은 곳에 가서 밤하늘이 보고 싶다. 정말이다.

지친다. 하루에도 너무 많은 일이 일어나고, 지구는 돌
아가고, 우주도 움직이고.

왜 수억 마리의 정자 중 가장 달리기가 빨랐을까. 선물
추첨 같은 것들에는 잘 걸리지도 않으면서, 그 희박한
확률 중에 하필이면 단 하나의 정자로 선택됐을까.

형제가 있으면 좋겠다. 그리고 이것도 이기적이라는 생
각을 한다.

놀이터에서 조금 울었다. 바람이 시원했다. 괜찮아. 괜찮을 거야. 그래도 내일 또 살아야지, 그렇지.

캐리비안 베이였나. 그런 비슷한 데를 갔던 게 생각났다. 넘치는 파도. 많은 사람. 벗겨졌던 신발. 말을 걸었던 아이. 생각해보니까 그때의 나도 불안정했다. 초등학생이었나. 맞다. 난 늘 불안정했다.

역겹다. 이렇게 자기혐오가 넘칠 때는 어떻게 해야 할지 모르겠다.

설날에, 그러니까 그냥 뒤에서 스쳐 가던 한숨 소리가. 왜 이렇게 슬픈지 모르겠다. 왜 이렇게 비참한지 모르겠다. 그 한숨 하나에 왜 이렇게 눈물이 날까. 왜 그럴까.

2018. 5. 15.

당신들의 다정함이 이미 최대라는 걸 알았을 때.

미안하다. 미안한데, 그렇지만 고맙다. 정말 고맙다. 전
부. 오늘 길을 가다 스쳐 지나간 사람들까지도.

하나 깨달은 게 있다면, 나는 내가 이렇게 슬퍼하는 줄
몰랐다. 나는 누구보다도 슬퍼했다. 내 삶에 대해서. 내
우울에 대해서. 죄책감과 자살에 대해서. 나에 대해서.
사실 어렴풋이 안다. 죽기 직전의 나는 그 누구보다 가
장 많이 슬퍼할 것이라는 걸.

2018. 5. 16.

여기에 적어야 할까 싶지만, 여기밖에 적을 곳이 없다.
어제 노끈으로 자살 시도를 했다.

'Why we need to talk about depression'이라는 동영
상에서 이런 말이 나온다.

  "저는 살아남았어요. 그리고 이제 제 이야기만 남아버렸네요."

거의 말을 안 했다. 못했다. 목소리가 바보 같이 나온
다. 소리들은 왜 이렇게 잘 들리는지. 이야기들. 이제는
너무 피곤한데.

빈첸의 '탓'을 들었다. 비참해졌다. 밤의 거리와 잘 어울
렸다. 자꾸 동갑이라고 착각을 한다. 한 살이 더 많은
데. 그렇지만 그건 그렇게 중요한 게 아니지. 당신은 어
떻게 지내는지 모르겠어서.

밤하늘이 보고 싶다. 산골 같은 곳에 가서. 아무 걱정
없이 보다가 잠에 들면 좋겠다.

우울증, 괜찮다. 자살, 다 괜찮다. 전부. 어차피 지구는 하나다. 우주는 넓고, 사람은 많다. 우리는 누구나 다 아플 수 있다. 죽고 싶을 수도 있고, 죽으려는 시도를 할 수도 있다. 이야기해도 괜찮다. 들어도 괜찮다. 대답해도 괜찮다. 소리쳐도 괜찮다. 다 괜찮은데, 정말인데. 정말로. 굉장히 많은 사람들이 겪고 있는 것인데. 알고 있고, 이야기하는 것인데. 우리는 서로가 서로에게 죽고 싶다는 이야기를 해도 괜찮은 세계에서 살고 있는데. 그런데 왜 몇 초마다 한 명은 삶을 끝낼까. 왜 이야기를 덮으려고 할까. 쉬쉬하려 할까. 조용히 하려고 할까. 나중에 하자고 할까. 죽을 용기로 살라고 할까. 이상하다고 할까. 놀릴까. 불편해할까. 다른 이야기를 하고 싶어 할까. 애매하게 웃을까. 듣기 힘들다고 할까. 더 이상 어떤 말도 하지 않을까.

그거 알아요? 그거 압니까? 요즘 잠을 못 자. 가끔은 숨쉬기도 힘들어. 옷장 안에 웅크려 있다가, 그래도 살아야지 싶어서 겨우 나와. 아침에 또 해가 뜨면 일어나야 돼. 밤에 집에 오면 유튜브로 영상이나 좀 보고 뭘 먹고 간신히 누워서 자려고 애를 써. 그러면 살기 싫어져. 이 밤이 영원했으면 좋겠어. 죽을 용기는 없는데, 그렇다고 살 의지도 없어. 무의식적으로 버티는 거야.

숨만 쉬면서. 이러다가 죽겠지, 하면서.

당신은 어때요? 당신은 어때, 요즘. 나는 이래. 당신은
어때, 대체. 괜찮은 거 맞아. 거기도 죽어가는 거 아니
야. 간신히 살고 있는 거 아닌가.

왜 내가 이 삶을 살아야 하지? 난 원한 적도 없다. 왜
이 사람으로 살아야 해? 이 모습, 머리 스타일, 얼굴, 인
종, 성별, 몸, 말투, 행동, 생김새, 걸음걸이, 목소리, 눈
동자. 왜 하필이면?
싫다. 정말이다. 너무 지친다. 피곤하다. 어렵다.

아무도 모르는 새벽.

2018. 5. 19.

토요일로 넘어가는 새벽.

일주일 또 버텼다.

오늘은 정말 죽어야 되는데. 계속 이렇게 살 수는 없으니까.

자살이 회피일까. 잘 모르겠다. 난 삶에 대한 확신이 없는데, 그래서 삶을 살아가는 대신 선택한 유일한 책임이라고 하면 안 됩니까? 안 되나요? 왜냐하면 나는 여태껏 내 삶에서 책임을 져 본 적이 한 번도 없는 것 같거든.

울고 싶은 것 같다. 그런데 생각해보니 이제는 울 이유가 없다.

2018. 5. 20.

뮤지컬이라도 예매하려다가 관뒀다. 극장에 갈 자신이
없었다.

언제까지 이렇게 살래.

뭘 먹었다고 답장을 보내다가 눈물이 나왔다.

어떡하지. 도대체 어떻게 살지. 왜 살아야 하지. 태어나
서 고생이 참 많다. 나도, 당신도.

2018. 5. 21.

오늘은 정말 죽어야 한다.

미안하지만 난 나한테 아무 기대가 없다. 오늘도 그랬고, 어제도, 내일도.

죽지 않으면 갈 곳이 많다. 죽어도, 사람들이 내가 죽었다는 걸 알기 전까지는 여전히 갈 곳이 많다.

학원을 가야 한다. 운동도 가야 하고, 주말에 모임도 가야 한다. 밥도 먹어야 한다. 일어나야 한다. 자야 한다. 씻어야 한다. 옷도 입어야 하고, 걷기도 해야 한다. 살아야 한다. 숨도 쉬어야 한다.

미안한데 더 이상 못 하겠다.

화를 내도 괜찮다. 울어도 괜찮고, 소리쳐도 괜찮다. 원망해도 괜찮다. 짜증을 내도 괜찮고, 애원해도 괜찮다. 이상하다고 해도 괜찮다. 이해가 안 되도 괜찮아. 다 괜찮다. 다만 미안하지만, 나는 나를 가장 싫어하니까, 이 사실은 그대로 두라.

커튼 끈을 샀다. 밧줄보다는 얇지만 나름 튼튼하다. 테이프도 있다.

오늘 정말 죽어야 한다. 만약 그렇지 않으면 난 앞으로 나를 어떻게 해야 할지 모르겠다.

2018. 5. 22.

저기요.
네?
망했는데 왜 살아요?
모르겠어요.

언제부터일까. 생각이 많아졌다. 혼자 묻고 답하는 일이 잦아졌다. 속으로 삼키는 것들이 늘어났다.

학원에서 그림을 붙이려는데, 테이프가 아니라 자석으로 하는 거였다. 엘리베이터를 탈 때까지 아무도 뭐라고 하지 않았지만, 혼자서 계속 생각했다. 멍청한 새끼.

못 죽었다. 망했다. 뭐가 망했지? 망한 건 또 뭐야. 괜찮겠지. 지구에는 70억 명이 넘는 사람들이 사는데. 나 하나쯤이야. 뭐가 그렇게 중요하다고.

나는 도대체 언제까지 나를 버텨야 할까.

피곤하다.

2018. 5. 24.

오늘은 정말 죽었으면 좋겠는데.

이 글을 쓰는 게 무슨 의미가 있을까. 힘들다고 징징거리는 것밖에 더 되나.

이 조용함 속에서 그대로 죽을 수 있을 것 같을 때.

머리 하나를 말리는 것도 왜 이렇게 어려운지.

의미 없는 기대뿐인 미래와 결국 돌아와야 할 현실과. 오늘도 변한 것 하나 없이 그대로인데.

언제까지 살까.

2018. 5. 29.

그냥 죽으면 안 될까요. 언제까지 이렇게 살아야 하나
요. 평생? 몇십 년 동안? 계속? 끔찍하다. 굳이 내가 아
니어도 되는 많은 것들. 나보다 좋은, 많은 사람. 굳이
내가 아니어도.

바란 적 없는 삶.

2018년 6월

2018. 6. 1.

나는, 나는 그러면 안 됐다. 살아서는 안 됐다. 태어나
서는 안 됐다.

더 이상 못 살겠다. 어떡하지.

2018. 6. 2.

숨 쉬듯이 밀려오는 죄책감들은 어떻게 해야 할까. 살아가다 보면 누군가에게 나도 모르게 상처를 입힌다는 게 싫다. 그래서 살아가는 게 싫다. 미안하다는 말밖에는 할 말이 없다. 이제 그만하자.

2018. 6. 8.

당신들이 내 삶을 대신 살진 못하니까 정말 죽으려고 했는데.

우울증 환자가 3억 명이 넘는다는 기사를 봤다.

조울증, 공황장애, 불안장애, PTSD, 피해망상, 환각, 그리고 여기 다 적지 못했지만 수많은 이름이 붙여진 것들. 이상하다고 말하지만 이상함 속에서도 꾸준히 존재했던 것들. 사실 이상하지 않은 것들. 누구나 겪을 수 있는 것들.

지구에서 사느라 고생이 많구나, 다들.

2018. 6. 12.

잡히지 않는 꿈속의 꿈일 뿐
파도 속에 흩어지는 한 줌의 모래 같은
헛된 삶에 무너지는 사람
사라진 꿈들 애원해도
그저 침묵뿐

오, 하나님
단 한 번만 내게 말을 해줘
이 모든 게 꿈이 아니라고 헛된
오, 하나님
단 한 번만 내게 말을 해줘
내 삶이 꿈이 아니라고

이젠
그 답을 찾지 마

2018. 6. 19.

지구에서 외롭지 말라고 많은 걸 만들었구나.

인구는 70억 명이 넘고, 지구는 돌고, 우주는 넓고. 무한한 행성계 중 하나인 태양계와. 우주에서 불빛이 비치는 작은 행성. 정말 나는 아무것도 아니고.

2018. 6. 20.

괜찮나? 괜찮지 않은 것 같은데.

꿈인 것 같다. 초등학교 때 잠에 들었다가 깨어나 보니 지금인 느낌이다.

어제 뭐라고 했는지 기억이 잘 안 난다. 요즘은 다 후회가 된다.

불안하다.

잘 지내죠. 그러면 됐죠, 뭐. 더 할 말이 없죠.

2018. 6. 22.

그래도 죽어야겠다 싶어서.

고흐가 동생 테오에게 보낸 편지를 읽었다.

지도에서 도시나 마을을 가리키는 검은 점을 보면 꿈을 꾸게
되는 것처럼, 별이 반짝이는 밤하늘은 나를 꿈꾸게 한다. 그럴
때 묻곤 하지. 왜 프랑스 지도 위에 표시된 검은 점에게 가듯 창
공에서 반짝이는 저 별에게 갈 수는 없는 것일까? 타라스콩이
나 루앙에 가려면 기차를 타야 하는 것처럼, 별까지 가기 위해
서는 죽음을 맞이해야 한다. 죽으면 기차를 탈 수 없듯, 살아 있
는 동안에는 별에 갈 수 없다. 증기선이나 합승마차, 철도 등이
지상의 운송 수단이라면 콜레라, 결석, 결핵, 암 등은 천상의
운송 수단인지도 모른다.

늙어서 평화롭게 죽는다는 건 별까지 걸어간다는 것이지.

뭐가 필요할까, 나는. 우리 집 강아지에게는 먹을 것이
필요한 것처럼 나에게 필요한 건 뭘까.

궁금하지 않은 삶을 계속 살까.

내가 되고 싶지 않은데 나로 태어나버려서.
그래서, 어떡하나.

2018. 6. 25.

하지 않은 답장과 받지 않은 전화가 너무 많다. 미안하
다. 책임감이 없는 상태에서 어떤 이야기를 듣고 어떤
말을 해도 결국 아무것도 되지 않을 걸 알아서 그랬다.
"제가 우울증이라서요."
이 말 하나를 꺼내기가 너무 어려워서.

오늘도 책임감 없는 하루를 살자.

언제부터 말을 안 했더라.

하지만 이 넓은 우주에서 정말로 모든 게 다 괜찮은 건
가?

2018. 6. 27.

잠은 잘 와? 나는 요새 잠을 잘 못 자. 당신은, 잘 자?
어때.

2018. 6. 28.

자려다가 울었다. 요즘 아주 많이 후회가 된다. 다들
지구에서 한 점뿐인 존재로 살아가는 걸 알지만, 그래
도. 굳이 내가 아니어도 되는 수많은 것들.

2018. 6. 30.

살기 너무 힘들어서 죽어야 되는데 싶을 때.

그러나 사실 다 괜찮을 때.

2018년 7월

2018. 7. 3.

괜찮아. 나보다 더 좋은 사람들 많아. 그래서 다행이
고. 진짜야. 다들, 좋은 사람들이라서 다행이다. 그럼
더 할 말이 없지. 그렇지.

2018. 7. 6.

죽는 것과 살아서 떡볶이를 받는 것 중 어떤 게 나은
건지 모르겠을 때.

2018. 7. 10.

초등학교 때였나. 냉면 같은 걸 먹고 탁자는 나무 탁자
였고, 식당이었고, TV에서는 김동현과 아이들이 이야
기하는 프로그램이 나올 때.

그때가 적당하다고 생각이 들 때.
딱 좋았다고 생각이 들 때.

2018. 7. 11.

그럴 줄 알았다. 알고 있었다. 난 늘 그랬다.

2018. 7. 12.

달라진 게 하나도 없다. 왜 이러지. 이러면 안 되는데.
정말 뭐라도 해야 하는데. 너무 힘들다.

2018. 7. 13.

괜찮다, 그냥. 그냥.

온전히 나로서 있지 못했던 시간이 왜 이렇게 많아졌을까.

결국 나에게는 어울리지 않는 것들. 다정함 같은 것들.

웃음이 나온다. 웃기다. 괜찮은데, 다 괜찮은데. 근데 사실 잘 모르겠다.

2018. 7. 17.

"죽자." 했는데.

이 지긋지긋함은 없어지지 않나.

어떻게 살까. 또 살까. 더 살까. 미안해. 근데 요즘 나한
테 할 말이 없다. 다 미안해서. 나한테도 미안해서.

2018. 7. 18.

달라진 게 하나도 없다. 어떡하지.

간신히 마음을 터놓았다 싶다가도 금방 후회가 된다.
말하지 말걸. 쓰지 말걸. 하지 말걸.

밧줄을 사려다가 말았다. 겨우 참았다.
그래도 살아야지. 왜? 그건 잘 모르겠어.

언제쯤이면 괜찮아질까. 단단해질까. 즐거워질까. 활기
가 생길까. 그게 될까. 나는, 자신이 없어서. 온통.

2018. 7. 20.

제 삶이 어디로 갔죠? 아무리 찾아도 안 보여서요.

이런 무가치한 밤들을 얼마나 버텼더라.

작년에도 이랬나? 재작년에도? 그 전에도? 훨씬 전에
도? 정확히 언제부터?

당신들이 잘 살면 다행이다. 나는 아무것도 아니라서.
그냥, 오늘 하루 행복했으면 다행이라서. 더 할 말이 없
다.

하느님, 저는요. 제가 걷다가 죽었으면 좋겠어요. 숨 쉬
다가 죽었으면 좋겠고요, 밥 먹다가 죽었으면 좋겠고
요, 책 읽다가 죽었으면 좋겠고요, 글 쓰다가 죽었으면
좋겠고요, 코 파다가 그대로 죽으면 좋겠고요, 양치하
다가 그대로 죽었으면 좋겠어요.

저는 왜 살까요.
왜 살까요.

2018. 7. 21.

상담 선생님이 잡히지 않는, 심해 속 진주 이야기를 해주셨다.

잡히지 않는.

잡히지 않는 꿈속의 꿈일 뿐.

얼마나 잡히지 않는 꿈속의 꿈이어야 이게 끝날까. 아니, 이건 끝나는 게 맞나? 이 우울은? 죄책감과 무기력함은?

이젠 그 답을 찾지 마.

2018. 7. 23.

괜찮아. 어차피 내일도 비슷할 텐데.

우연히 뮤지컬 배우들의 SNS 영상을 보다가, 괜한 회의
감이 들었다. 저들은 내가 아니지. 나는 될 수 없는 것
들. 경험해보지 못할 것들. 내가 아니어도 되는 것들.
굳이 내가 아니어도 괜찮은 것들. 실제로 그런 것들.

이것도 이기적인가. 내일을 살 자신이 없다. 무서운 밤.
무섭다. 뭐가 무서울까. 그냥, 모르겠네.

2018년 8월

2018. 8. 5.

친구가 잘 지내는지 모르겠다.

지하철을 타고 오면서 울었다. 내가 했던 말, 표정, 하나하나까지도 다 후회했다. 왜 안 죽었지. 글쎄. 나는…….

나는 내가 너무 싫다.

2018. 8. 8.

그만 살까.

나는 하루종일 살았는데도, 또 살아야 한다. 나는 내가 이럴 줄 몰랐다. 문제 하나를 더 푸는 게 어려운 것이 아니라 하루를 더 사는 게 어려워질 줄은 몰랐다.

볼 빨간 사춘기, 나의 사춘기에게.

얼마나 아팠을까. 얼마나. 얼마나. 얼마나.
바랬을까.

2018. 8. 19.

조용한 자기혐오.

죽고 싶은 밤이 있다. 오늘이 그런 밤이다.

더 살아도 괜찮을까.

나는…… ……글쎄.

알 만큼 아니까. 그러니까 이제 됐다.

2018. 8. 21.

'위대한 개츠비'를 봤다. 닉이 하는 말.

"다들 질렸다구요."

뮤지컬 '스모크'에 나오는 대사.

"싸운다, 언제나. 이렇게 숨 쉬는 것도 내게는 치열한 싸움이다."

뮤지컬 '프랑켄슈타인'에서 나오는 가사.

어떻게 성장할까
어떻게 행복할까
어떻게 살아가고
어떻게 죽을건가

나는 내가 괜찮지 않길 바란다.

사실은 괜찮긴 바란다. 그래서 18년을 버텼을까.

2018. 8. 25.

가끔 사라지고 싶다는 생각을 해요. 그것 빼고는 괜찮
아요.

2018. 8. 31.

정말 살아도 되는 걸까. 나는 여전히 아무것도 아닌데.

정말? 왜? 왜 살아도 괜찮지?

나는 아무것도 아닌 내가 좋다. 다행이라고 생각한다.
그런데 한편으로는 너무 슬프다.

얼마나 더 많은 밤을 지새워야 괜찮아질까.

그래도 오늘을 살아낸 나에게 수고했다는 말 한마디
정도는 해야겠다. 오늘을 살아내 준 당신에게도.

2018년 9월

2018. 9. 3.

나는 뭐였더라. 내가 왜 살더라.

2018. 9. 4.

엄마가 희망에 대해서 이야기를 해줬다. 상대적인 것.

당신도 나만큼 외롭고 쓸쓸할까. 아플까. 고통스러울
까. 슬플까.
당신도 그럴까. 당신도 그렇구나.

2018. 9. 8.

'레드라이트' 영화에서 나오는 대사.

　　"우린 항상 우리와는 다른 무언가가 되고 싶어 해."

2018. 9. 21.

비투비의 '그리워하다'에 나오는 가사.

"시간은 앞으로만 가는 걸 어째. 그동안 난 아무것도 이룬 것이
없네."

2018. 9. 23.

'미션 임파서블 폴 아웃'을 봤다.
워커가 한 말.

　　"얼마나 더 당해야 견딜 수 없게 될까요?"

2018. 9. 25.

그냥 그런 거였다. 잠은 잘 자는지. 밥은 잘 먹는지. 사
는 건 괜찮은지. 버틸만한지.

2018. 9. 27.

새벽에 쓰는 거 오랜만이다. '맨체스터 바이 더 씨'를 봤다. 리가 패트릭에게 말했다.

　"못 버티겠어. 못 버티겠어. 미안해."

그리고 리는 조용히 패트릭을 안았다.

불안하다. 나는 내 미래가 궁금하지 않은 게 아니라 자신이 없는 거다. 언제 이렇게 컸지. 언제 이렇게 자랐지. 언제 이렇게 시간이 흘렀지. 이런 것들이 턱 밑까지 차올라서.

2018. 9. 27.

아마 저번 주였나, 그 전이었나. 끈을 목에 감아서 졸랐다. 의외로 금방 잊혀졌다.

문득문득 스치는 따뜻한 것들. 다정한 것들.

요즘 살고 싶다는 생각이 든다. 자주.

여전히 불안하다. 그렇지만 모두들 이 지구에서, 우주에서 불안한 존재로 살아간다. 그것이 미약한 위로가 된다.

2018년 10월

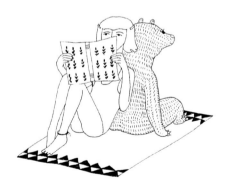

2018. 10. 27.

"내 청춘 좀 돌려줘라, 이 개자식들아."
아마 울면서 중얼거렸다.

월요일을 빼고는 학원에 지각을 했다. 카운터의 선생님
들 중 아무도 왜 늦었냐며 주의를 주거나 혼을 내지 않
았다. 대신 수업이 끝나면, 수고했다는 말을 건넸다. 그
게 참 다정했다.

학원에서 시험을 봤다. 안다고 생각했던 수학 공식들이
하나도 생각나지 않았다. 속상했다. 그동안 남아서 자
습을 했던 시간들은 의미가 없는 걸까 싶어서. 그래도
죽고 싶지는 않았다.

엄마가 아무도 궁금해 하지 않았던, 아무에게도 하지
않았던 이야기를 했다. 엄마가 고맙다고 했다.

난 나를 보고 싶어 하는 사람이 없을 줄 알았다.

모임을 왜 안 갔더라. 이유는 나도 잘 모르겠다. 선생님

들에게서 전화가 왔었다. 아이들 중에서도 전화가 왔었다. 전화를 못 받았다. 왜냐하면 미안해서.

'스타 이즈 본'을 봤다. 슬프고, 먹먹하고, 담담했다. 특히 잭의 감정이 공감이 됐다. 그래서 후반부에는 내내 울었다. 그렇지만 다른 것도 있었다. 비록 잭은 떠났지만, 그의 노래는 남아있고, 그리고 앨리와 함께 햇살 너머로 눈이 부시게 빛나는 음악을 함께 했기에. 그래서.

그리고 어쩌면, 내가 잭이었다면 금방이라도 끈을 놓고 당장에라도 앨리에게 달려갔을 것 같아서. 어쩔 줄 몰라 하면서 더듬더듬 이야기를 했을 것 같아서. 내가 앨리였다면 그런 잭을 아무 말 없이 조용히 안아줬을 것 같아서.

여전히 불안하다. 여전히 밤에 울기도 하고, 여전히 죽고 싶다. 여전히 우울함이 있다. 여전히 약을 먹고, 여전히 사람들과 시선을 마주치는 게 불편하다. 여전히 내 행동과 내 말들을 신경 쓴다.

원컵 님이 커버한 버전의 '내가 죽으려고 생각한 것은'

에 나오는 가사.

"당신이란 사람이 살아가고 있는 이 세상들에 조금은 기대해볼
게요."

14살의 나에게 무슨 일이 있었던 거지?

그러나 14살의 내가 아주 이기적이었어도, 아주 불안
했어도, 그래도 나는 나를 가만히 안아주고 싶다. 누
구에게나 한 번쯤은 자기 자신을 안아주는 게 필요할
테니까.

2018년 11월

2018. 11. 1.

뭐라고 쓰려고 했더라.

자주 잊는 것들이 있다. 샴푸를 했는지. 약을 먹었는지. 오늘 숨은 쉬었는지.

외롭지 않게 살려고 노력하는구나, 다들. 이 지구에서. 왜냐하면 우주는 너무 광활하고 끝없으니까. 그래서 이름도 모르는 당신이 스쳐 지나갈 때 그나마 미약한 위안을 느끼는 걸까. 왜냐하면 당신도 살아가는 중일 테니까.

그림 실력이 어중간해도 괜찮아요? 조용했다가 활발해도 괜찮아요? 새로운 친구가 없어도 괜찮아요? 여전히 사람을 대할 때 두근거리고 시선이 불편해도 괜찮아요? 몸이 떨리거나 바보 같이 행동해도 괜찮아요? 죽고 싶은 생각이 들어도 괜찮아요?

내가 소중하지 않다는 생각이 들어서 울고 싶어졌다.

그런데 생각해보니까,

나는 살고 싶었던 거였다.

2018. 11. 4.

뮤지컬 '랭보'에서 나오는 말.

　　인생은 불행이다.
　　쉴 틈 없는 불행의 연속이다.
　　그런데 우리는 왜 이곳에 존재하는 것일까.

지구에 70억 명이 넘는 사람들이 있다면, 그 70억 명이
넘는 사람들 각자의 외로움이 있다는 것.

2018. 11. 8.

Jeremy Zucker의 'All The Kids Are Depressed'를 들었다.

Cause all the kids are depressed. 왜냐하면 모든 아이들이 우울해하니까.

10㎝의 Condition에 나오는 가사.

오늘이 오늘의 충분한 의미를 갖지 못하네
나에게만 나에게만 들리는 소음이 멈추질 않네

오늘이 오늘의 충분한 의미를 갖지 못했네
나에게만 나에게만 풍기는 냄새는 가시질 않네

Just wanna make it beautiful
Just wanna make it meaningful
그 어떤 빈 공간만큼 툭 건드려도
울먹거리네

…중략…

Just wanna make it beautiful

Just wanna make it meaningful

그 어떤 빈 자리만큼 툭 건드려도

울먹거리는 삶을 살아

YUNGBLUD의 'Kill Somebody'에 나오는 가사.

All I wanna do is kill somebody

Kill somebody, kill somebody like you

You, you, you, you

난 너 같은 사람을 죽이고 싶어.

저 가사에서 you가, 너 같은 사람이, 사실은 자기 자신
이라는 글을 보고 슬퍼졌다.

2018. 11. 9.

학원에 못 갔다. 안 간 건가. 잠을 자는데, 도저히 몸이
안 움직여졌다. 일어나서 엄마한테 미안하다고 했다. 엄
마는 괜찮다고, 미안한 거 아니라고 했다. 근데 어쩐지
좀 슬펐다. 달라진 줄 알았는데, 그게 아니었나.

난 너 같은 사람을 죽이고 싶어. 너, 너, 너, 너.

나 같은 사람을.

사실은 살았으면 좋겠어.

2018. 11. 11.

살아있어?
살아있어.

그럼 됐어.

2018. 11. 12.

'배드파파'를 봤다. 진상구가 묻는다.

   "뭘 믿고 그렇게 버틴 겁니까? 진짜 잘못했으면 큰일 날 뻔했는
   데. 부러졌으면 어떡하려고."

유지철이 대답한다.

   "버티는 데 이유가 어딨어. 그냥 버티는 거지. 거기처럼."

'그대들은 어떤 기분이신가요'를 들었다. 우원재 파트의
가사.

   내 기분은 궤도 밖. 나도 가늠할 수 없는 기분들이 오고 가요.

2018. 11. 17.

왜 내가 여전히 소중한 것 같지가 않지.

'보헤미안 랩소디'를 봤다. 슬프지는 않았지만, 먹먹했다. 그냥. 당신도 불안정하구나. 셀 수도 없는 팬들이 있고, 수많은 돈을 벌어도, 웃고 떠드는 소음들 속에서 멍하니 있는 것처럼. 당신도 외롭구나. 싶어서.

영화를 보러 갔는데, 이름도 모를 당신이 옆자리를 예매했고, 그리고 당신이 죽으려는 이유 때문에 오지 않아서 옆자리가 영화를 보는 내내 비어있었다면. 나는 옆자리가 왜 비었는지 한 번이라도 궁금해할까. 혹은 옆자리가 비어있다는 사실조차도 모를까. 아마 그 사실조차도 모르겠지. 요즘 그게 너무 슬프다.

뮤지컬 '프랑켄슈타인'에서 나오는 말.

이 세상에 혼자, 단 하나의 존재.

2 0 1 8 . 1 1 . 1 9 .

아, 너무 나댔구나. 싶어서.
10㎝의 'perfect'를 들었다.

눈앞이 캄캄해져 볼 수 없고, 숨도 못 쉰다더니 정말 그렇네.

내가 뭐 대단한 사람이라도 되는 줄 알았나 봐, 나는.

'Why we need to talk about depression'에서 나오는
말.

"하지만 현재, 우울증이 깊이 베인 사회적 상처임에도 우리는
밴드를 붙이는 것으로 만족하고는 더 이상 아무 문제도 없는
척합니다. 하지만 거기에 있어요. 그리고 그거 아십니까? 그래
도 괜찮아요. 우울증이어도 괜찮아요. 여러분이 우울증을 앓아
도 괜찮다는 것을 알아두세요."

그대들은 어떤 기분이신가요.

울었다. 혹시 나만 이런 거면 어쩌지. 혹시 20년 뒤에

도, 지금이랑 똑같은 천장을 보고 누워 있으면 어쩌지. 아무것도 달라진 게 없으면 어떡하지.

그래도 있잖아, 그래도. 침대에서 일어나는 게 어려우면, 그게 하루가 걸려도 괜찮을 때. 이틀이 걸려도, 일주일이 걸려도, 한 달이 걸려도, 1년이 걸려도, 10년이 걸려도. 정말로, 괜찮아. 왜냐하면 이 넓은 우주에서는 다 괜찮으니까.

아직 살아있구나.

잘 버티고 있구나.

2018. 11. 20.

어디서 그런 말을 봤다.

산다는 것은 더 높이 오르는 게 아니라 더 깊이 들어가는 것.

빈첸의 '탓'에 나오는 가사.

어차피 제 목소리 닿지도 않는 곳에 있는 분들은 제 외침이 비웃음거리 정도뿐인가요.

'인간실격' 포스터를 봤다.

태어나서 죄송합니다. 살아도 될까요? 부끄럼 많은 생애를 보냈습니다.

안 죽길 잘한 걸까? 살아있어서 괜찮은 걸까?

어젯밤에 전화를 했다. 전화 너머로 누군가 그랬다.

"무슨 일 있는 거 아니지?"

차마 "있어."라는 한마디를 할 수 없어서. 별일 없다고 했다. 전화번호부에 있는 어떤 어른들에게도 더 이상 전화를 할 수가 없었다. 이런 이야기를 할 만큼 자주 연락하는 친구도 없었다. 아. 당신들도 힘들구나. 불안감이 턱 밀려왔다. 길을 되돌아가면서 울었지만, 내심 아무에게도 말하지 않은 것이 다행이었다. 난 여전히 당신들의 힘듦 위에 내 힘듦을 얹고 싶지 않다.

내가 살아있어도 될까.

죽었으면 좋겠다, 내가.

2018. 11. 22.

학원에 늦었다. 지하철이 한적했는데 그게 왜 슬플까.

2018. 11. 25.

'나 혼자 산다'를 봤다. 헨리가 이렇게 말했다.

　"전 그냥 행복해요, 오늘."

2 0 1 8 . 11 . 29 .

Coldplay의 'Fix you'에 나오는 가사.

Lights will guide you home

빛이 너를 집으로 안내할 거야

And ignite your bones

그리고 너의 뼈를 따뜻하게 하겠지

And I will try to fix you

그리고 내가 너를 고쳐볼게

2018. 11. 30.

피키 캐스트의 '부기영화'라는 웹툰에서 이런 말이 나온다.

"어떤 사람들은 고작 글씨로 채워져 있는 종이 뭉치에 푹 빠져서 인생의 소중한 시간을 소비하고, 어떤 사람들은 유치한 영화를 보면서 열광하고 심지어 장난감까지 수집합니다. 잔디밭에서 22명이 작은 공 하나를 차려고 발버둥 치는 행위에 수십억 명이 열광하고, 매일 저녁 TV 앞에 모여 앉아 눈물을 훔치기도 하죠."

세계 인구를 실시간으로 보여주는 사이트를 들어갔다. 1초마다 늘어나는 숫자들을 보고 있다가 휴대폰을 껐다.

'이렇게 외롭게 살다가 죽는 건가?' 했다가 문득, 당신도 외롭겠구나. 그리고 당신도, 또 당신도, 수많은 당신들이. 그래서 다들, 광활한 우주에서 지구라는 작은 행성에 모여 외롭지 않게 애쓰며 살아가는구나.

2018년 12월

2018. 12. 4.

Star Is Born의 'Shallow'에 나오는 가사.

Tell me somethin' girl

말해봐, 소녀야

Are you happy in this modern world?

지금 세상이 행복하니?

Or do you need more

아님 더 많은 게 필요하니

Is there somethin' else you're searchin' for?

다른 무얼 찾고 있니?

I'm falling

나는 빠져들어

In all the good times I find myself longin'

행복했던 시간 속으로

For change

변화를 바라며

And in the bad times I fear myself

그리고 비참했던 시간 속으로 나는

Tell me something boy

말해봐, 소년아

Aren't you tired tryin' to fill that void?

공허함을 채우려다 지치지 않니?

Or do you need more

아님 더 많은 게 필요하니

Ain't it hard keepin' it so hardcore?

악착같이 버티는 게 힘들진 않니?

…후략…

빨리 밤이 오길 바란다.

2018. 12. 13.

삶이 여기 어디 있었는데, 어느 순간 없어졌나 보다.

연락이 오기만을 바라면서 연락을 먼저 하지 않는 모
순. 삶이 끝나기만을 바라면서 여전히 살아가고 있는
모순.

'미스터 로봇'에서 엘리엇이 크리스타에게 하는 말.

  "가끔씩 울죠. 마치 나처럼요. 왜냐하면 외로우니까."

있잖아요. 여기에 분명 삶이 있었는데요, 근데, 이게,
없어졌어요.

2 0 1 8 . 1 2 . 8 .

The Struts의 'Could Have Been Me'에 나오는 가사.

I wanna taste love and pain

Wanna feel pride and shame

I don't wanna take my time

Don't wanna waste one line

I wanna live better days

Never look back and say

Could have been me

It could have been me

내가 더 이상 우울을 두려워하지 않을 수 있을까? 더 이상 우울에 잠겨있지 않을 수 있을까? 더 이상 나 스스로를 갉아먹는 말들을 생각하지 않을 수 있을까? 다시 삶을 살아갈 수 있을까? 저게 내가 되었을 수도 있었을 텐데, 하고 후회하지 않으면서? 나는 나로 충분한 삶을?

그래. 나는 그럴 수 있다.
왜냐하면, 살아있으니까.

2018. 12. 22.

다시 볼 수 없는 사람들이 그리운 밤이 있다. 이대로
사라졌으면 좋겠다고 느끼는 밤이 있다. 이대로 끝일
것만 같은 밤이 있다. 죽고 싶은 밤이 있다.

2018. 12. 23.

날 2009년의 여름으로 데려가 줘.

2018. 12. 27.

Billie Eilish의 'when the party's over'를 계속 들었다.
우울한 기분이다.

실시간 세계 인구수 사이트를 들어갔다가, 사망자 수
를 한참 보고 있었다. 계속 늘어났다. 그래도 한 번쯤
은 멈추지 않을까 했는데, 그러지 않았다.

당신도 이렇게 죽고 싶은 밤이 있을까? 아니면 당신도
문득 잠에서 깨어 물을 마시러 나왔다가 고개를 돌렸
을 때, 적막만이 감도는 집 안을 그저 멍하니 들여다본
적이 있을까.

어쩌면 내가 이 일기를 쓰는 건, 살아있을 이유를 하나
라도 만들기 위해서일지도 모른다.

두렵다. 내일이 두렵고, 내가 자라는 게 두렵고, 또 똑
같은 일상이 반복되는 게 두렵다.

하지만 내일이 궁금하다. 내일 벌어질 일들이 궁금하고, 내일 살아갈 하루가 궁금하다. 살고 싶어졌다, 나는. 여전히 죽고 싶지만 동시에 살고 싶어졌어.

있잖아, 그러면.
하루만 더 살아볼까.

2018. 12. 30.

매일 죽는 사람과 태어나는 사람은 끊임없이 늘어나고. 지구는 돌아가고. 70억 명이 넘는 인구가 살아가고. 우리는 가늠할 수조차 없이 넓은 우주에서 태양계가 포함된 은하계에서 존재하고.

그래도 저 살았어요. 저 살았어요.

그것만으로도 잘하지 않았나요. 당신처럼요.

2019년 1월

2019. 1. 1.

병원에 갔다. 할아버지가 "나도 열여덟 살 때가 있었는데." 하고 웃었다.

'아쿠아맨'을 봤다. 아서가 말한다.

　"날 낳아서 이렇게 됐잖아요."

아틀라나가 대답한다.

　"아니, 네 잘못이 아니야."

2019. 1. 2.

날 낳을 계획이 있었을까.

Queen의 'Bohemian Rhapsody'에 나오는 가사.

I sometimes wish I'd never been born at all.

혁오의 '위잉위잉'에 나오는 가사.

Tell me, tell me, please don't tell
차라리 살아보지 못한 편이 좋을 거야

가끔은 내가 태어나지 않았으면 하고 바란다. 난 내가
원해서 태어나지 않았다. 바란 적 없는 삶이다.

그런데 그건 당신도 그렇겠지.

2019. 1. 3.

'킬 유어 달링'을 봤다. 앨런이 배에서 읊는 시.

> "하지만 네 무지는 다행스러운 일이다. 네 외로움 또한. 너, 고
> 통받은 자여. 숨은 사랑을 찾아, 주고, 나누고, 잃어라. 피우지
> 못한 채 죽지 않도록."

백석 시인의 '흰 바람벽이 있어' 중에 나오는 문구.

> 하늘이 이 세상을 내일 적에 그가 가장 귀해하고
> 사랑하는 것들은 모두
> 가난하고 외롭고 쓸쓸하니
> 그리고 언제나 넘치는 사랑과 슬픔 속에 살도록 만드신 것이다.

이상의 소설 '날개'에 나오는 문구.

> 날개야 다시 돋아라.
> 날자. 날자. 날자. 한 번만 더 날자꾸나.
> 한 번만 더 날아보자꾸나.

윤동주의 '쉽게 씌어진 시'에 나오는 문구.

나는 나에게 작은 손을 내밀어

눈물과 위안으로 잡는 최초의 악수.

2019년 2월

2 0 1 9 . 2 . 1 .

윤동주의 '팔복'에 나오는 문구.

저희가 영원히 슬플 것이오.

이영주 시인의 '폭염'에 나온 문구.

다시 태어난다면 첫 번째로 기도를 하겠습니다. 다시 태어나지
않게 해주십시오.

2019. 2. 13.

Anson Seabra의 'I Can't Carry This Anymore'를 들었다.

있잖아, 나는 사실, 아직도 죽고 싶어. 뮤지컬을 보러 간 어느 금요일 밤에 그랬어.

슬프다.

2 0 1 9 . 2 . 2 5 .

밥을 먹는데, 주변의 소리가 영화의 슬로우 모션처럼
들렸다. 모든 것들이 움직이는데, 나 혼자 덩그러니 남
겨져 있는 기분이었다.

내가 죽지 않은 게 잘한 걸까. 아직 확신이 없다.

너무 멀리 돌아온 기분이다. 다시 돌아갈 길을 찾아야
하는데, 그게 참 어렵다.

2019. 2. 26.

자기혐오.

송기원의 「아름다운 얼굴」에서, 소년은 자신의 졸업사
진을 면도날로 오려냈다. 소년은 기차에서 내린 밤의
플랫폼에서, 교복에 붙은 명찰과 학년 배지 따위를 안
개 속으로 던지며 "잘 가라."라고 했다.

어느 순간부터, 난 거울을 보지 못했다. 사진에 찍힌
나를 보면 숨이 막혔다.

사실 나는 그 누구보다도 나를 좋아했었다.

2019. 2. 27.

살고 싶어졌다. 그래도, 그 많은 밤들을 버텼다. 작은
따뜻함으로도 살아가고 싶어졌다.

2019년 3월

2019. 3. 21.

용서받을 수 있을까. 내가 한 모든 일에 대해서.

상담 선생님의 말이 맞다. 모든 사람이, 다람쥐 쳇바퀴 같은 삶을 이어간다. 비슷한 하루들을 보낸다.
그런데요, 그런데, 선생님. 왜 이렇게 슬프죠. SNS를 보면, 다들 행복해 보여요. 지나가는 사람들을 보면, 다들 즐거워 보여요. 마치 다른 세계의 사람들 같아요. 그들은 분명히 나와 같은 세계에 있음에도 불구하고. 더 슬픈 건요, 그들도 나처럼 죽고 싶은 밤이 있을지도 모른다는 거예요. 우리는 그만큼 외로운 세계에 살고 있는 걸까요.

그래도 괜찮다고, 자꾸만 옆에서 누가 말한다. 그래도 너 잘했다고. 그래도, 오늘 하루 산 것만으로도 잘했다고. 그렇게 누가 말한다. 왈칵 목이 멘다.

2019. 3. 24.

'더 더트'에서 나오는 대사.

> "난 우리가 바라는 걸 말하는 게 중요하다고 봐. 자꾸 말하다
> 보면 어느 순간 이뤄지거든. 우주가 듣고 있는 듯."

우주가 듣고 있다면…… 혹시, 저도 행복해질 수 있을
까요.

2019년 4월

2019. 4. 16.

왜 이렇게 힘들어할까? 그저 70억 명 중 한 명일 뿐인데. 적당히 묻혀서 살아가면 되는 삶인데.

혹시 당신도 이런 생각을 할까.

그렇다면 다행이다. 그냥, 당신이라는 사람도 이런 생각을 하며 같은 행성 위에 숨 쉬고 있어서. 그러면 위로가 된다.

사실 이 넓은 우주에서는 다 괜찮다. 정말로.